CARROUSEL

PE

10660377

Allô,
amichou!

Claude

Dominique et COMPAGNie

Collection conçue et
dirigée par
YVON BROCHU

REYNALD CANTIN

JULIE DANS LES PENSÉES

Illustrations
MARIE-CLAUDE FAVREAU

Données de catalogage avant publication (Canada)

Cantin, Reynald
Julie dans les pensées
(Carrousel: 34)
Pour enfants à partir de 6 ans.

ISBN 2-89512-023-4

I. Titre. II. Collection.

PS8555.A554J84 1998   jC843'.54   C98-940382-3
PS9555.A554J84 1998
PZ23.C36Ju 1998

© Les éditions Héritage inc. 1998
Tous droits réservés
Dépôts légaux: 3e trimestre 1998
Bibliothèque nationale du Québec
Bibliothèque nationale du Canada
Bibliothèque nationale de France

ISBN: 2-89512-023-4   Imprimé au Canada

Direction de la collection: Yvon Brochu, R-D création enr.
Direction artistique: Dominique Payette
Conception graphique de la collection: Pol Turgeon
Graphisme: Diane Primeau
Conseillère: Thérèse Leblanc, enseignante
Correction-révision: Marie-Thérèse Duval –
Martine Latulippe

10 9 8 7 6 5 4 3 2

Dominique et compagnie
Une division des éditions Héritage
300, rue Arran, Saint-Lambert (Québec) J4R 1K5
Téléphone: (514) 875-0327
Télécopieur: (450) 672-5448
Courriel: info@editionsheritage.com

Nous remercions le Conseil des Arts du Canada de l'aide
accordée à notre programme de publication, ainsi que la SODEC
et le ministère du Patrimoine canadien.

LE CONSEIL DES ARTS | THE CANADA COUNCIL
DU CANADA | FOR THE ARTS
DEPUIS 1957 | SINCE 1957

SODEC
SOCIÉTÉ DE
DÉVELOPPEMENT
DES ENTREPRISES
CULTURELLES
Québec ::

Voici une histoire Pensée
À faire fleurir toutes
les jeunes imaginations

CHAPITRE 1
LA PROMESSE

Je suis très content. Je vais retrouver Julie. Je ne l'ai pas vue depuis l'été passé. J'espère qu'elle n'a pas changé. Parce que Julie, c'est ma cousine de la campagne. Ma cousine de vacances. Mon amie d'été.

Julie vit avec sa mère au bord d'un petit lac, loin de la ville. Le lac Brillant, près de Saint-Isidore. C'est là que papa m'amène aujourd'hui.

On va rester là deux semaines. Un beau grand voyage.

Nous roulons sur l'autoroute et je suis déjà tout énervé. Pour papa aussi, c'est la fête. Il va revoir sa sœur. La mère de Julie. Ma tante Gabrielle.

L'été passé, Julie et moi, on a construit une cabane dans un

arbre près du lac Brillant. Je m'en souviens. Là, dans les feuilles, on s'inventait plein d'histoires incroyables. On faisait des combats contre des ennemis terribles qui nous attaquaient de partout.

On gagnait tout le temps.

Parce qu'il faut dire... Julie et moi, on joue comme deux gars.

Au lac Brillant, il peut pleuvoir, ce n'est jamais triste. Le seul moment triste, c'est quand il faut revenir en ville.

L'été passé, avant de revenir, j'avais promis à Julie de lui téléphoner.

Mais je n'ai pas tenu ma promesse. Quand j'ai retrouvé mes amis sur le trottoir, j'ai fait

semblant d'oublier Julie. J'ai mis ma casquette et j'ai sauté sur ma planche à roulettes. L'école a recommencé. Puis l'hiver. Tout ça. Je n'ai jamais téléphoné.

Heureusement, j'avais fait une autre promesse à Julie. Je lui avais promis de revenir l'été d'après.

Aujourd'hui, je tiens ma promesse.

Mais il y a une chose qui m'inquiète. Après toute une année, j'ai un peu peur que Julie ne soit plus comme avant. Parce que les filles,

d'après papa, ça change vite. Plus vite que les gars, il paraît.

Pour chasser cette méchante pensée, je prends une revue qui traîne dans l'auto. Je l'ouvre.

C'est plein de belles photos de fleurs et de papillons en couleurs.

L'autoroute est longue. Et ennuyeuse.

Alors, je plonge dans les fleurs et les papillons de la revue.

CHAPITRE 2
OÙ EST MON ARBRE?

Nous quittons l'autoroute. Soudain, il y a beaucoup plus d'arbres. Le chemin fait des courbes entre les montagnes vertes. Nous traversons des villages de plus en plus petits, et de plus en plus jolis. Voilà enfin Saint-Isidore, le plus beau, avec sa grande église du dimanche et son magasin général.

Après, c'est le chemin de terre. L'auto de papa fait un

nuage de poussière. Devant nous s'élève une petite montagne à deux bosses. Je la reconnais. C'est la montagne où se cache le lac Brillant.

Julie n'est plus très loin.

L'auto entre dans la montagne par un chemin étroit. Les arbres font un tunnel vert qui monte en zigzag. Entre les troncs, j'aperçois déjà le lac Brillant qui scintille au soleil. Je me demande si notre cabane dans l'arbre a été brisée par l'hiver. Et je pense aux prochains combats avec Julie. J'invente des ruses pour déjouer nos ennemis. J'imagine des armes terribles pour les écraser. J'entends nos cris de victoire. Tout ça.

Parce qu'il faut dire aussi... Julie et moi, on a beaucoup d'imagination.

L'auto s'arrête à côté d'une petite maison blanche, devant le lac Brillant. Je descends le premier. La porte de la maison s'ouvre.

— Mon petit Francis! Comment vas-tu?

Tante Gabrielle descend les marches pour venir m'embrasser. Je lui saute dans les bras.

— Superbien, ma tante. Où est Julie?

– Julie? Je ne sais pas. Dans ses pensées, je suppose.

Drôle de réponse!

Tante Gabrielle me dépose. Papa s'est approché. Ils s'embrassent. Je ne les écoute pas. Je pars à la recherche de Julie.

J'entre dans la maison.

– Julie! Julie!

Pas de réponse.

Je traverse la maison. Je sors par la porte arrière.

Julie est là. Dans le jardin.

Un peu penchée, elle me tourne le dos.

– Julie!

Elle ne se retourne pas.

– Julie! C'est moi, Francis.

Elle ne bouge même pas. Je m'approche.

Soudain, je l'entends. Elle chuchote. On dirait qu'elle parle toute seule. Sans un bruit, je regarde par-dessus son épaule.

Des fleurs!

Devant Julie, il y a tout plein de petites fleurs à cinq pétales. Des fleurs jaunes, avec des taches noires dessus.

Les taches ressemblent à des papillons, je trouve.

– Allô, Julie.

Elle sursaute.

– Francis!

– Elles sont belles, tes fleurs.

– Ce sont mes pensées.

– Tes pensées?

– Oui, Francis, mes pensées. Je les ai semées moi-même cet hiver, dans ma chambre.

– À qui tu parlais, là, tantôt?

– Je leur parlais.

– Tu parlais à tes pensées?

– Oui. Ça les aide à devenir plus belles.

– Tu penses?

– Tu ne les trouves pas belles?

– Oui. On dirait des papillons noirs dessinés sur des fleurs jaunes.

– Des papillons noirs?

Julie est surprise. Elle me sourit.

Hourra! C'est le même sourire que l'été passé!

Pas de doute. J'ai retrouvé ma Julie de campagne. Ma cousine de vacances. Mon

19

amie d'été. Ensemble, nous allons grimper dans notre arbre, monter dans la cabane. Puis nous cacher dans les feuilles. Nos ennemis n'ont qu'à bien se tenir.

Mais tout à coup, le sourire de Julie disparaît. Son visage redevient sérieux. Et elle me parle de ses pensées.

Elle parle, parle, parle. Il n'y a que ses pensées qui comptent. Moi, je n'existe plus.

Soudain, elle me prend la main.

– Viens, Francis. J'en ai d'autres, par là.

– D'autres pensées?

– Oui. Celles-là sont très spéciales, tu vas voir.

Je me laisse entraîner en me disant qu'après on jouera.

Je me retrouve devant une longue plate-bande. J'ai envie de dire à Julie que je m'ennuie, que je veux faire autre chose. Mais Julie semble si fière de ses pensées. Il y a des papillons noirs jusque dans ses yeux.

Soudain, elle me chuchote à l'oreille:

– Elles me répondent, tu sais.

– Quoi? Tes pensées te répondent?

– Oui! oui! Quand je leur parle, elles me répondent.

Julie recommence à parler, parler, parler. Je n'y comprends rien.

– Chacune a un nom, tu sais. Regarde, Francis. Celle-là, par exemple, elle s'appelle Trimardeau. Et celle-là, Hiemalis. Et voici Wittrockiana, puis...

Comme je m'ennuie.

Soudain, Julie s'arrête. Je me retourne.

Tante Gabrielle a ouvert la porte de la maison.

– Venez. Le souper est prêt. Ouf!

– On arrive! je crie.

Et je laisse Julie toute seule, debout à côté de ses pensées.

Au souper, je surveille Julie qui mange en silence, au bout de la table. Même papa, son oncle préféré, n'arrive pas à la sortir de ses pensées.

Elle ne mange presque pas. Pourtant, le pot-au-feu de tante Gabrielle est superbon. Je commence à croire que papa a raison, au sujet des filles qui changent vite.

Après la vaisselle, Julie disparaît par la porte arrière. Je sais où elle est partie. Tante Gabrielle aussi. Papa, lui, n'a pas l'air de comprendre. Moi, je n'ai pas envie d'aller la rejoindre. Ma Julie de l'été passé, c'est fini. J'ai perdu mon amie de vacances. Mes deux semaines au lac Brillant vont être très longues et ennuyeuses. Comme l'autoroute.

Méchantes pensées!

Un peu découragé, je pars tout seul, à la recherche de notre cabane dans l'arbre. Mais comment la retrouver?

Je me rappelle soudain! Facile. Continuer à pied sur le chemin en zigzag qui fait le tour du lac Brillant. Marcher jusqu'à une grosse roche grise, fendue en deux. Là, quitter le chemin en direction du plus haut sapin de la montagne. Compter les pas. Au bout de dix pas de géant, c'est l'arbre avec notre cabane. Il n'y a plus qu'à grimper.

Mais à vingt pas de géant, je n'ai pas encore aperçu l'arbre. Devant moi, c'est plutôt un manque d'arbres. C'est une clairière remplie de petites fleurs violettes.

Il y en a partout. Elles me regardent, comme surprises par mon arrivée. Et moi, je reste planté là, comme elles, sans bouger.

— Bonjour, Francis.

— Bonjour, que je réponds bêtement. Qui parle?

— C'est moi, Accueillante.

Bienvenue parmi nous.

— Où es-tu?

— À tes pieds. C'est moi qui te parle.

Je me penche. C'est une fleur!

— Heureuse de t'accueillir, Francis. Voici mes sœurs. Je ne te dis pas leur nom. Il y en a trop. Elles sont gentilles, tu vas voir.

— Pas toutes, lance Grognonne d'une voix bourrue, un peu plus loin.

Celle-là n'a pas l'air de bonne humeur.

— Vous parlez?

– Oui, nous parlons. Et nous sommes trrrès intelligentes, s'interpose Vaniteuse, qui déploie ses magnifiques pétales.

– Ne l'écoutez pas, celle-là, coupe Jalouse. Ce n'est qu'une tête enflée.

– Cessez de vous disputer, intervient Accueillante. Nous avons de la visite. Il s'appelle Francis.

Soudain, ça se met à parler partout, de tous les côtés.

Où suis-je tombé?

– Tu cherches quelque chose?

demande Curieuse, plus fort que les autres.

– Oui, je cherche... Enfin, je cherchais un arbre.

– Il n'y a pas d'arbres par ici, lance Moqueuse, le sourire aux lèvres.

– Mais qui êtes-vous? je leur demande.

– Nous sommes tes pensées, répondent d'une même voix Franche et Directe, droites comme deux cure-dents.

– Mes pensées? Mais j'en ai

29

vu, tantôt, des pensées. Ce sont de petites fleurs jaunes, avec un papillon noir dessiné dessus.

– Ça, explique Savante, ce sont des créations horticoles. Des pensées artificielles. Nous, on est des vraies pensées. Tes pensées! Des pensées sauvages.

– Et nous sommes trrrès belles en plus, ajoute Vaniteuse, qui s'ouvre pour laisser voir les jolies couleurs de ses pétales.

Je n'en reviens pas. Quand je vais raconter ça à Julie, elle ne me croira jamais. Mais justement, à propos de Julie, je leur demande:

– Vous voulez m'aider?

– Comment? me demande Accueillante.

– C'est ma cousine Julie. Elle n'est plus comme avant. Elle ne pense qu'à ses pensées.

– C'est une fille, lance Moqueuse, avec son éternel sourire. Les filles, ça ne pense qu'aux fleurs.

Quelle bande de commères!

– Pouvez-vous arrêter de parler une minute et m'écouter un peu?

– Impossible, déclarent Franche et Directe, à l'unisson.

Des pensées, ça parle tout le temps.

– Ça, vous pouvez le dire, approuve Bavarde. Moi, par exemple, je...

Soudain, une grosse voix retentit:

– Taisez-vous et laissez parler le petit garçon! Sinon, vous aurez affaire à moi.

Toutes les pensées s'immobilisent. C'est la voix de Directrice qui vient de tonner, comme dans un haut-parleur.

– Pardon? Moi, me taire? crie Désobéissante, à l'autre bout de la clairière. Jamais! Quand j'ai envie de parler, je parle.

Aussitôt, des dizaines de pensées protestent. Puis, des centaines d'autres s'ajoutent. Elles parlent de plus en plus fort. Chacune crie son idée. C'est le brouhaha total. Le tohu-bohu. Partout, ça jacasse comme des pies. Leurs voix aiguës me percent les oreilles. Certaines, comme Agressive et Soupe Au Lait, cherchent à frapper leurs voisines. Si elles

n'étaient pas plantées dans la terre, ce serait la bagarre générale.

Et moi, je commence à comprendre.

Des pensées, ça n'écoute pas. Ça parle, ça crie. Et ça ne sert à rien.

En plus, elles me tombent sur les nerfs. Soudain, je leur crie:

— Vous portez toutes le même nom... Idiotes!

Elles ne m'ont même pas entendu. Elles n'arrêtent pas de piailler. Je n'arriverai jamais à placer un mot ici. Alors, je hurle:

– Mon arbre!
Où est mon
arbre?

Elles se tai-
sent pendant
une seconde.

– Ton arbre?
Quel arbre?

C'est Surprise qui a parlé.

– L'arbre avec ma cabane.
Je veux retrouver mon arbre.
Voilà. C'est tout ce que je
veux. Mon arbre. Je veux mon
arbre!

– Arrête, Francis, tremble
Inquiète.

– Pourquoi j'arrêterais? Vous
ne m'écoutez pas.

– Il va arriver un malheur,
annonce Pessimiste.

−Tant pis.
Moi, je veux
ma cabane et
mon arbre.
Voilà! Avec
Julie dedans.
Ma Julie de l'été passé en
plus! Oui, je veux grimper
dans ma chambre et écraser
tous les ennemis. Et toutes les
pensées. Je veux mon arbre.
Vous m'entendez? Là, tout de
suite! Devant moi! Mon arbre.

−Non! lancent plusieurs
pensées.

−Tu vas énerver Magique,
prévient Prudente.

Toutes les pensées de la
clairière me regardent.

On dirait qu'elles ont peur.

La terre se met à trembler sous leurs pieds. Toute la clairière est secouée, soulevée par une vague énorme. Cela fait une immense bosse au milieu.

– Ça va exploser! lance Inquiète.

Je continue à crier quand même:

– Mon arbre! Je veux mon arbre. Je veux mon arbre!

Alors, la terre s'ouvre et les pensées s'écartent. Un grondement terrible se fait entendre. Des feuilles vertes, par milliers, apparaissent en plein centre de la clairière. Elles secouent la terre. Un arbre entier surgit du sol. Mon arbre!

Entre les branches, je reconnais la silhouette de ma cabane. Et dans la fenêtre, Julie qui m'envoie la main.

– Julie!

L'arbre s'élève maintenant au-dessus de la clairière, dans le ciel. On dirait un géant avec une tête carrée. Un cyclope. Et dans son œil unique, Julie me fait de grands signes.

– Allez, viens, Francis. Grimpe. Je suis là.

Le colosse de bois me fait

peur et m'attire en même temps.

Enfin, je me décide. Je cours vers l'arbre géant. J'écrase quelques pensées.

– Outch!

– Ouille!

– Aïe!

Je saute sur la branche la plus basse. Je grimpe à toute vitesse.

Julie a ouvert la petite trappe dans le plancher de la cabane. Me voilà à l'intérieur. Je suis heureux. Je retrouve enfin Julie et mon arbre. Je me lève. Je me retourne...

Mais qu'est-ce qui se passe? Julie n'est plus là. Les murs de la cabane disparaissent sous mes yeux. Les feuilles de l'arbre aussi. Sous mes pieds, le plancher devient transparent. Il s'efface. C'est le vide. Je retombe dans la clairière. Me voilà assis sur une pensée.

Je me relève aussitôt. Je me penche sur la fleur que je viens d'écraser. Elle est en bien mauvais état. Je l'aide à se redresser.

Rien de cassé, heureusement. Elles sont vraiment solides, ces pensées. Indestructibles, on dirait. Comme dans les dessins animés.

Autour de moi, la clairière a repris sa forme. Elle est redevenue plate comme avant.

– Comment tu t'appelles? je demande à la fleur écrabouillée.

– Hein? Quoi?

Elle est encore étourdie par le choc.

– C'est Magique, lancent Franche et Directe, qui ont vite retrouvé leur fière allure.

– Magique?

– Oui, Francis. Magique. C'est son nom de pensée. C'est elle qui s'est transformée en arbre. Parce que tu le désirais. Mais il ne faut pas s'en occuper. Ses

tours de magie sont spectaculaires, mais ça ne marche jamais. Du vent.

— Ah, ça oui! que je réponds en me frottant le derrière. J'ai eu ma leçon avec Magique.

— Moi, intervient Fataliste, je savais que tout cela finirait mal.

— Qu'est-ce que tu dis? demande Dure D'Oreille.

Ça y est! Ça recommence. J'ai compris. Je m'en vais. Je m'en retourne chez tante Gabrielle.

Soudain, je m'arrête. Autour

de moi, les arbres sont tous pareils.

Par où suis-je entré dans cette sacrée clairière? Ces pensées idiotes m'ont tellement étourdi.

Comment sortir d'ici? Par où aller?

– Qu'est-ce qui se passe, mon petit Francis? demande Curieuse.

– Je veux retourner chez tante Gabrielle.

– On ne te retient pas, lance Grognonne.

– Ne les écoute pas, mon petit, intervient Accueillante. Dis-nous ce qui se passe.

– Je suis perdu. Pouvez-vous au moins comprendre ça?

Évidemment, non. Les pensées, ça ne comprend rien.

– Il faut réfléchir, suggère Calme.

– Moi, je connais la direction, lance Vantarde. C'est par là.

– Non, rétorque Menteuse, c'est par ici.

– Non. Là, ce sont les marais qui avalent les enfants, préviennent Noire et Sombre.

– Ça me rappelle une histoire effrayante, annonce Ténébreuse. Un petit garçon perdu dans la forêt qui...

– On la connaît cette histoire, interrompt Sinistre. À la fin, le loup-garou ne fait qu'une bouchée du petit garçon. Crouic!

– Brrr! tremblote Peureuse.

– Arrêtez! J'ai peur.

J'ai réellement peur. Alors, les pensées se taisent peu à peu.

Soudain, une voix délicate s'élève. C'est la voix de Toute Simple:

—J'ai une idée, moi, pour t'aider.

—Ne l'écoute pas, s'oppose Compliquée.

—J'ai peur!

C'est tout ce que j'arrive à prononcer.

—J'ai une idée pour aider Francis, répète Toute Simple, au beau milieu de la clairière.

Jalouse, non loin de là,

ouvre la bouche pour intervenir. Mais Directrice, à côté, l'écrase de son regard glacé. Aucune pensée n'ose parler. Un étrange silence s'installe.

Pendant ce temps, le soleil descend et la clairière se couvre d'ombres inquiétantes. Toutes les pensées frissonnent. Frileuse surtout.

Le soleil se couche. Je dois retrouver le chemin du lac. Il faut que j'écoute l'idée de Toute Simple. C'est ma seule chance.

– Et alors? lance Impatiente. C'est quoi, ton idée?

Toutes mes pensées se sont tournées vers la petite fleur au centre de la clairière. Toute Simple va parler. Elle va dire son idée.

– Crier au secours, murmure-t-elle, tout simplement.

Je suis étonné par cette pensée.

– Mais oui, Toute Simple, tu as raison. Crier au secours. Mes parents doivent s'inquiéter, à l'heure qu'il est. Ils sont probablement sur le chemin, en train de me chercher. Il suffit de crier au secours.

Et je lance dans la nuit:
– Papa!

– Apa... pa... pa... a... a!
fait l'écho entre les deux bosses de la montagne du lac
Brillant.

– Tante Gabrielle!

– Brielle... ielle... elle!...

Mais les arbres, autour de la clairière, restent muets. La forêt demeure silencieuse. La nuit tombe. Et mes pensées s'éteignent une à une. Je ne les vois presque plus. Elles se ferment. Elles m'abandonnent. Bientôt, je vais me retrouver tout seul dans le noir.

Je lève la tête et je vois apparaître une étoile dans le ciel. Puis une autre. Et une autre encore.

Je continue à crier:

– Papa!... Tante Gabrielle!

– Apa... pa... pa... a... a... Brielle... ielle... elle!...

Toujours la même réponse. Je vais pleurer. Il ne faut pas.

Soudain, j'entends quelque chose. Une voix.

– Francis!

C'est une voix que je connais bien.

C'est elle! C'est Julie.

– Julie! Où es-tu?

– Dans tes pensées, Francis. Je suis dans tes pensées.

Une ombre se tient debout, au milieu de la clairière, exactement là où se trouvait

Toute Simple. On dirait que la silhouette tient quelque chose dans sa main gauche.

– C'est toi, Julie?

– Oui, Francis, c'est moi. Regarde ce que j'ai apporté.

– Il fait trop noir.

– Sois patient, Francis.

C'est bizarre. Je n'ai plus peur. La présence de Julie m'a calmé.

Et le temps poursuit son cours. Lentement, la lune, pleine et ronde, se lève dans

le creux de la montagne du lac Brillant. Sa lumière pâle illumine Julie. Je la vois bien maintenant. Elle me sourit.

Et je vois ce qu'elle tient.

Dans sa main gauche, il y a une immense fleur. Une pensée géante.

– Regarde, Francis. C'est notre plus beau papillon noir.

– Il est grand. Comment s'appelle-t-il?

– Silence. Il s'appelle Silence.

– Il ne parle pas?

– Non, jamais.

– Tu parles! je dis.

– Silence ne parle pas, non. Pourtant, il peut nous dire des choses… si on l'écoute bien.

– Il pourrait nous ramener chez nous?

– Mieux que ça, Francis. Il pourrait nous mener jusqu'à notre cabane. Mais avant, il faut faire silence.

– Facile…

– Non, Francis, ce n'est pas facile. Pour faire silence, il faut se taire complètement. Même dans sa tête. Il ne faut plus avoir de pensées. C'est très difficile.

C'est vrai. Je regarde autour de moi. Avec la lumière de la lune, mes pensées sont réapparues. Je les vois. Elles forment un immense tapis de fleurs qui me regardent. Et qui menacent de parler encore.

Non, il ne faut pas qu'elles parlent! Pour retrouver mon arbre, je dois faire silence. Julie l'a dit.

Mes pensées ne bougent plus. Elles se sont arrêtées.

Je regarde toujours Julie. Sur les pétales de sa grande fleur, le papillon Silence est immobile. Ses ailes noires sont couvertes d'une lumière argentée. La lumière de la lune.

Soudain, les reflets d'argent se mettent à bouger. On dirait que le papillon veut se détacher de la fleur. Va-t-il s'envoler?

Oui! Ses ailes s'agitent et vibrent! Elles deviennent très grandes aussi. Et moi qui n'ai plus de pensées, je regarde. Simplement.

Et je vois le grand papillon se détacher de sa fleur. D'un seul battement d'ailes, Silence se libère de la pensée. Il s'envole.

Avec magnificence, Silence flotte au-dessus de nos têtes. Ses ailes jettent des éclairs d'argent dans la nuit. Comme c'est beau!

Il s'éloigne.

Une main a saisi la mienne. Ou le contraire. Je ne sais pas.

Julie et moi, ensemble, nous quittons la clairière aux pensées. Nous suivons le grand papillon dans le ciel de la nuit. En silence, nous marchons dans la forêt, entre les arbres. Et bientôt, nous nous retrouvons au pied du nôtre. Notre arbre.

Ensemble, nous grimpons.

CHAPITRE 3
MA JULIE D'ÉTÉ

Tout à coup:

— Hé! Francis!

Je lève les yeux de la revue de fleurs et de papillons. L'auto s'est arrêtée à côté d'une petite maison blanche, devant le lac Brillant.

— Nous sommes arrivés, annonce papa.

— Hein! Quoi?

— On est arrivés chez tante Gabrielle. Allons, Francis, où étais-tu?

– Dans les pensées, je réponds, sans réfléchir.

Je jette la revue de fleurs et de papillons sur la banquette arrière. Je descends de l'auto. La porte de la maison blanche s'ouvre.

– Mon petit Francis! Comment vas-tu?

Tante Gabrielle s'avance pour venir m'embrasser. Je lui saute dans les bras.

– Super bien, ma tante. Où est Julie?

—Julie? Dans ses pensées, je suppose.

Évidemment.

Tante Gabrielle me dépose. Papa s'est approché. Ils s'embrassent. Je ne les écoute pas. Je pars à la recherche de Julie.

Si les filles changent vite, moi, je peux courir vite.

J'entre dans la maison. Je la traverse entièrement et je sors par la porte arrière. Julie est dans le jardin. Un peu penchée, elle me tourne le dos.

On dirait qu'elle parle toute seule.

Je m'approche.

Devant Julie, il y a tout plein de petites fleurs à cinq pétales. Des fleurs jaunes avec des taches noires. Les taches ressemblent à des papillons.

– Des pensées, je dis.

Julie se retourne.

– Francis! Tu connais les pensées?

– Ohhh, oui! Je connais les pensées. Et les papillons. Papa a une revue dans l'auto, et...

Soudain, je m'arrête. Julie me fait son beau sourire de l'été passé.

Hourra! C'est le même sourire!

Pas de doute. J'ai retrouvé ma cousine de vacances. Mon amie de la campagne. Ma Julie d'été.

Et je sens que mes deux semaines au lac Brillant vont être extraordinaires. Dans l'arbre, notre cabane va encore se remplir d'histoires incroyables.

Parce qu'il faut le dire encore une fois...

Julie et moi, on a beaucoup, beaucoup d'imagination.

COLLECTION CARROUSEL

MINI ET PETITS